초판 1쇄 인쇄일 2015년 01월 26일
초판 1쇄 발행일 2015년 01월 30일

글 박재훈
펴낸이 양옥매
디자인 신지현

펴낸곳 도서출판 책과나무
출판등록 제2012-000376
주소 서울특별시 마포구 월드컵북로 44길 37 천지빌딩 3층
대표전화 02.372.1537   팩스 02.372.1538
이메일 booknamu2007@naver.com
홈페이지 www.booknamu.com
ISBN 979-11-5776-017-6(03810)

이 도서의 국립중앙도서관 출판시도서목록(CIP)은 서지정보유통지원 시스템
홈페이지(http://seoji.nl.go.kr)와 국가자료공동목록시스템
(http://www.nl.go.kr/kolisnet)에서 이용하실 수 있습니다.
(CIP제어번호 : CIP2015002574)

박재훈 시집

갈길을
잊은
사람들

오랜 세월 묻어 뒀던 마음의 소리들을
글로써 세상에 내어놓기로 결심한 후,
그래도 부끄럽고 쑥스럽기는 마찬가지.

하지만 언제까지 은닉해 두기에는
마음의 소리들이 터져 나올 것 같아
이렇게 마음의 속살 드러내 보인다.

강물과 함께
계절과 함께
그리고 사람과 함께
보고 느끼고 경험했던
혼자만의 마음속에 곱게 간직했던
이야기들을 감히 이제 세상으로 내보낸다.

내 마음의 소리를 털어 내고 싶다.

내 마음의 소리가
당신에게 작은 메아리가 되었으면 좋겠다.

목차

무제

이별이다
캄캄하다
포도도 검다
만남은 봄이다
멀지 않아 좋다
좋아서 가깝다
그래서 사람들은 만난다
나 또한 만난다
이별 후의 만남을 재회라 한다
재회 속에는 봄이 있다
더욱더 가까워지는……
그래도 캄캄하다
미래가 없는 만남에는
포도는 더 검어진다
만남 없는 오늘에는……

가족

칼국수 한 그릇에
인정이 소복하게 담겨 있다
아들딸 곁에 앉혀 두고
칼국수 한 그릇에
가장 권위 우뚝 선다
탁자 건너편 칼국수 그릇에
말없이 수증기만 피어오른다
칼국수 한입 물고 아들 한 번
김치 한입 먹고
딸 한 번 올려다보는
아버지, 아버지

비와 추억

비가
세상에 뿌려지는 날
추억은 심어진다
비를 먹고 추억은 자란다
지난 과거의
잊혀졌던 과거의 산등성이로
비는 추억을 자라게 한다
오늘도
자갈치 마당에 비는 뿌려지고 있다
마냥 추억에 물을 주고 있다

길

때로는 가고 있는 길이 싫어질 때가 있다
아니 그 길을 피하고 싶어질 때가 있다
늘 보이는 사람들
나무들, 차들, 화초들, 생각들
그리고 그 길에 우뚝 서 있는 내 마음!
돌아서고 싶을 때가 있다
설사 비포장 도로여도
뽀얀 먼지산이 시야를 가려도
파리 떼 우글거려도
돌부리에 걸려 넘어져도
저 멀리 돋아난
작은 길 속에 빠져들고 싶을 때가 있다

유월이 개화하던 날

네가 피어나던 날, 나에게 열기로 찾아왔었다
반가워 무턱대고 얼싸안았지
순간 찬바람 한 아름 내 가슴으로 날아들었지
이미 나는 너의 열기 앞에 나체가 되어 있었는데
너는 열기가 아니라 찬바람이라고
그때서야 비로소 나에게 속삭여 주었었지
네가 나에게 속삭이고 있을 때
강 건너 언덕에서 미소 머금은 여인 하나
다소곳 나를 찾아왔었다 너도 보았지?
그 여인은 정작 너를 찾아온 것이었지
그 여인이 너에게 하는 말을 들었다
'너는 왜 두 개의 옷을 입고 있느냐?'고 하는
말을……
그때 너는 당황했었지
너의 정체가 탄로 난 것이 못내 속상했던지
너는 유월의 꽃만 피워 놓고 강물 속으로
뛰어들었지

내가 너를 불렀음에도……

네가 떠난 후 낯선 여인 나에게 함께 가자고 했었다

우리도 함께 강물 속으로 따라가자고

두 개의 옷을 입고 사느니

옷이 필요 없는 강물 속으로 가자고

그레야 유월은 신성 나의 유월로

다가올 것이라고……

그래서 나는 오늘도 유월이 개화하던 날

너를 그리워하고 있다

옷을 걸치지 않은 순수한 너를

가는 세월

오래지 않아 너도 가겠지?
머지않아 사라지겠지?
네가 나를 찾아왔을 때
너는 이미 떠날 것이라 했지
움켜잡으려 해도
가슴 조여 붙들려고 해도
너는 떠나고 말겠지?
결코 내 것이 아님을 알기에
보내는 일은 일상이지만
함께 머물렀던 순간들이
못내 아쉬움으로 남겠지?
붙잡지 않으렴이 아니다
눈물을 상실한 것이 아님이라
가슴은 터지려 하지만
눈물은 쏟아지려 하지만
가슴은 허공에 맴돌지만
그래도 네가 가겠다기에

난 마냥 발끝만 내려다보고 있지
가져갈 것 가져가야지
아무것도 남겨 놓지 말고……
삶이란 사라지고 떠나는 것이지
그 이상도 이하도 없는 세상이지
떠나는 너를 따라
오늘 나도 발끝 치켜들고 따라가야지
흰 눈 가득 머리에 이고 너를 따라야지

이방인의 밤

불꽃 피어 세상을 밝힌 곳으로 침묵으로 거닌다
불꽃 향기에 도취되어 세상은 이미 제 갈 길을 잃고
비틀거리고 있다
너와 내가 경계선 안에 머물러야 할 밤이다
하지만 이미 경계선은 허물어져 내렸다
너와 내가 이미 하나가 되어 버린 밤이다
남녀노소를 초월해 버린 밤이다
불꽃들은 얄밉게도 휘황스럽게 세상을 내리비추고
그 사이로 각각이 세상은
소란스럽게 지나치고 있다
이방인의 밤이다
누군가는 변방에서 마음들을 쓸어내리고
또 다른 사람들은 중심에서 소리 내어 고함친다
'야! 너는 내 것이야'라고……
그리고서는 너와 내가 모텔로 들어간다
그때 불꽃들은 잠자리로 빠져들고
그 향기는 악취로 변하여 세상을 뒤덮는다

우리는

우리는 보고픔으로 존재하는

우리는 그리움으로 존재하는

우리는 기다림으로 존재하는

우리는 의지함으로 존재하는

우리는 감싸 주는 존재로

우리는 손잡아 주는 존재로

우리는 마주 봄으로 기뻐하는 존재로

우리는 함께 있어 뿌듯한 존재로

우리는 믿음으로 바라보는 존재로

우리는 세상 끝까지 함께할 존재로

그래서 우리는 서로 사랑하는가 보다

나는 너를, 너는 나를

영원의 날까지만

해가 바다로 곤두박질하고
달이 산속으로 파고들고
별들이 강물로 뛰어들더니
바다와 산과 강 속에서 뛰쳐나온 것은
백설 아래로 깊게 새겨진 형상뿐이라
거역할 수 없는 순리라, 부정할 수 없는 섭리라
약해져 가는 모습 모습들이
눈물 나도록 가엾은들 혼자만 가는 길이 아니라서
외롭지는 않은데 그런데도 돌아서 뒷모습 훔쳐보면
자꾸만 눈물이 도둑같이 찾아든다
어쩌다 이곳에서 머뭇거리며
희로애락의 변방에서
주춤거림의 춤을 추고 있는지
자꾸만 서글픔이 겨울바람같이 스며든다
해가 산속으로 숨어들고
달이 강물로 빠져들고
별이 바다고 내리박힘은 멈추지 않을 터인데

그렇게 해와 달과 별이 흐르듯이 가다 보면

가다보면 영원의 날도 오리라 그날까지만

그날까지만……

마음의 해방

종일 걸어도 아는 사람이 없는 곳이다
마음의 해방구역이다
종로3가를 지나고
이제는 궁터인 경복궁을 지난다
간혹 버스 속의 사람들이 보일 뿐
지나는 사람조차 드물다
빛의 문을 지나면서 빛
보다는 어두움이 짙게 내리깔린
서울의 북쪽하늘이 보인다
예고 없이 질주하는 차량들의 행렬이
어두움 속에 빠져든다
저 멀리 매가패스 장군이라고 일컫는
기막힌 이순신 장군의 동상이
상술에 병든 사람들의 부름에
구애받지 않고 의연히 서 있다
걷고 걸어도 마음은 자유롭다
세상구경의 매력이 걸음에 있음을

이제야 알았으니

참으로 나는 인생을 너무

서둘러 살아온 것일까?

밤을 지나는 기차

세상은 그냥 잠 속으로 빠져들고 있다
저 멀리 작은 동네 불 작은 빛만 한 줄기로
세상에 존재한다
하늘도 땅도 어디론가 도망했나 보다
거대한 몸체 하나
두 길 사이에 용케도 잘도 걸치고 달려가고 있다
그 안에서 세상은 만들어져 있다
나는 밤을 지나는 기차에
피곤한 육신덩어리 맡겨 놓고
멀리서 간간히 찾아드는 한 줄기의 빛을
마음껏 들이마신다
유년시절에 뿌려 놓았던 내 추억의 덩어리를……

식당차에서

기차를 타면
식당차에서 식사를 한다
한 끼 먹는 낭만이
이보다 더
깊을 수는 없기 때문이다

기차가 달리면서
사람을 먹고
산을 먹고
바람을 먹는다
그 안에서
나는 도시락을 먹는다

세상을 가로지르며
밥을 먹고 있는 나는
세월도 먹고 있다

기차를 타고 싶을 때와
타기 싫을 때

서울행은 슬픔이다

밝은 낮에 떠나도 어두움이다

이별이다

눈물이다

죽어도 타기 싫었다

포항행은 기쁨이다

흥분이다

밤이 찾아오고 있음에도

밝음이다

만남이다

미소다

죽어도 타고 싶었다

희망이 흐르는 날

겨울 동안 갇힌 골방의 창이 호흡하던 날
세상과 단절된 시간에 종말을 고하고
원래의 자리로 돌아왔다
한 아름의 햇살을 안고……

어둠과 습함과 냉함에 짓눌려 습관이 되어 버린
폐인으로 살아남아 한 줄기 빛을 소망하던
절망의 계곡에 한 줄기 햇살이 스며든다
그리고 먼 길이 보인다
사람들이 보이고
노점상들이 보이고
차량들이 보인다
삶이 보인다
갇혔던 창문이 터지면서
희망도 흘러들어 온다
가슴속으로
의식 속으로……

친구야!

전화벨이 울린다
그리운 친구의 목소리가
냇물같이 맑게 흘러내린다
잊혔던 북쪽의 친구가
오늘 내게로 다가왔다
마냥 설렘으로 수화기를 내린다
'바쁨'이라는 시간 앞에
나는 항복하고 만다
꼭 한번 보자는 기약 없는 약속만
전파산 위에 묻어 두고
친구의 목소리는 묻혀 버린다
얼마만인가?
그럼에도 만날 수 없는 친구야!
유년의 그리움만 물씬 풍겨 두고
그렇게 떠나는구나
언제쯤 또다시 내 곁으로 다가와서
우정의 목소리 들려주려는지

흘러간 세월만큼이나

친구가 그리워진다

이중성

지하철
동래역에서
교대역으로 흡입되면 암흑이다

지하철
교대역에서
동래역으로 배출되면 광명이다
두 세계를 오늘도 오간다
거리낌 없이
떳떳하게

팬지꽃

네가 너를 향하여 손짓하고
손짓하며 도리질하는 도심의 오후
너는 외롭지 않아 좋겠구나
너의 오형제 나란히 누워
서로 향하여 몸짓으로 노래하고 있으니……

꽃이 계절을 부르고
계절이 꽃을 부르는
봄날의 오후에

너는 뭇시선 받아 좋겠구나
진보라, 샛노랑, 새하얀 물빛으로 물들어
하늘하늘 춤추고 있으니
그래
세상은 서로 외로운 사람들끼리
손짓하며 살아가야 하느니

진달래

계절 찾아
연분홍 꽃잎 터뜨린 너!
힘없어 풀 죽어 있구나
이곳은 너의 고향이 아니란다
이방인의 땅에서 철모르고
꽃잎을 피웠구나
이곳은
네가 뿌리를 내릴 수 없는 곳이란다
마실 물이 없어
들이킬 산소가 없어
맞이할 바람이 없어
우러러 볼 하늘이 없어 너는 불쌍하구나
이곳은 너의 고향이 아니란다
이곳은 얄팍한 사람들이 아등바등 살아가는
도회지 삭막한 아스팔트 위란다
계절 찾아 꽃 피운
너는 참으로 순진도 하구나

개화

길었던 겨울 노래 끝이 났다
메아리조차도 잠들었다
겨울 노래 막을 내린 자리에
개화의 노래가 울려 퍼진다
화음이 조화를 이루고
오가는 사람들의 눈에
그립도록 파고든다
간간히 바람결에 개화의 절경은
강 건너로 흩어져
사랑하는 이를 그립게 만든다

꽃물결 타고
그리운 임 만나러 가야지
무겁게 가라앉아 있는
내 사랑 일깨우러 가야지
열려진 꽃바람 타고서……

백목련 따라 간 너

사람의 마을로 들어서는 길목 언덕배기에
연 핏빛 진달래 피강물 이루어 흐르고 있다
샛노란 눈물 개나리
눈물강 흘러내리고 있다

백목련 속절없이 떨어질 때
백목련 따라 가 버린 너
내 가슴에 샛노란 눈물 남기고
피강물 따라 떠났었지

그래! 이별의 세월이 얼마나 지났는가?
이제는 연분홍 진달래 꽃길 따라
돌아올 수 없겠니?
샛노란 개나리 울타리 따라
돌아오면 안 되겠니?

문득 백목련 피어나는 길목에 서서
너를 그린다
백목련 돌아오는 계절에
너는 왜 오지 않는 거니?

철길 따라

늘어선 철길 따라

화물차 오르고

비켜 지나간 자리에

개나리 울타리 되어 있다

곁길로 들어서

샛노란 물결 이루는

개나리들의 행군이

마치 철길 따라

달음질하는 꽃 열차 같다

철길이 개나리인가?

개나리가 철길인가?

나른한 봄날 오후에 철길 따라

흘러가 보니

정작 철길은 아무것도 이루지 못한

삶의 평행선만 보게 해 준다

아직도 가야 할 저 먼 길을……

서천 1

실개천 되어 물은 흐른다
건너편 김유신 장군 묘지로 들어가는 강 언덕에는
벚꽃망울들이 붉게 불타오르고
나무 아래로 나지막이
개나리 줄지어 죽은 자를 향하여 달음박질하는데
시천은 꽃잔치로 산 자들의 발설음 유혹하고 있다

불기둥

쇠를 먹고 불을 뿜어내는 너를
이른 새벽에 눈 맞춤한다
늘 그 자리에서 변함없이
쇠를 먹는 과단성을 보이면서도
지치지 않는 너는
새벽의 용기이다
줄기차게 하늘을 향해 뻗은
너의 모습은 희망이다
동해를 향해
무언의 몸짓하는 너는 이상(理想)이다

우체국

그래, 가슴을 풀어헤치자
그리움을 흩어 버리자
손바닥 백지에
타다 남은 마음 담아
빨간 집 입구로 밀어 보내자
바다 빛 마음 풀어헤쳐
빠알간 입 벌려 종일토록 우두커니 서서
사랑과 그리움을 먹여 달라고 보채는
빨간 집으로 밀어 보내자
그 집에서 사랑과 그리움 너희는
오래는 머물지 말기를 바란다
오늘 오후에라도
그 사람에게 전해지길 바란다

황혼

불그스름한 사랑 덩어리가 먼 산에서 날아든다
내 엄마의 젖무덤같이 따뜻함으로 찾아든다
거부할 수 없는 몸짓으로 물끄러미 쳐다본다
온 산이 사랑덩어리로 물들어 있다
유년시절의 추억을 고스란히 간직한 채로……

봄 시장 구경 1

사람들의 옷매무새가 예사롭지 않다
그냥 삶의 고단함들이 벗어 던져지고 있다
겨울 동안 무겁도록 걸치고 다니던 슬픔도
이미 옷장 속으로 들어갔나 보다
거추장스럽기만 하던 장갑도
손을 떠난 지 오래된 것 같다
그냥 봄 시장바닥은 홀가분한 모습으로
나들이한 사람들로 분주하기만 하다
그 가운데서 나도 덩달아 분주해진다
봄 시장바닥은 살아 있어 꿈꾸는 사람들로
행복하다

봄 시장 구경 2

채소 2단

이름 모르는 산나물 1소쿠리

두릅 5송이

미나리 3단

시금치 3단

검정콩 4사발

달래 3단

주름 가득 담긴 할머니 한 분

흰머리 펄럭이며 앉아 계신 모습이

짐작컨대 70살

긴 목 뽑아 들고 지나는 사람들을 향해

연민의 눈짓한다

두 눈으로

말이 없다

한 개의 입이 있음에도 침묵이다

길모퉁이 앉아 고개만 뽑아 든다

앞을 제대로 볼 수 없는지

두 개의 눈은 반쯤 감겨 있다
행여 누군가 마주 앉아 줄까 하고
은근한 기대감에 충족되어 있다

나의 엄마가 보이는 봄 시장터

고향집

베네치아 레스토랑에서 고향집을 보았다
입구쪽 벽면에 걸려 있는 한 폭의 풍경화는
분명 고향집의 모습이다
초가지붕에 담이 없었던 고향집이었다
댓돌 위에 앉아 나를 기다리던
내 어머니의 모습도 있었다
집 오른쪽에는 이름 모를 꽃들이 피어 있고
왼쪽에는 빨래가 널려 있었다
마루가 없는 집, 창문이 없는 집
흙벽돌로 지은 집, 부엌문이 없는 집
분명 내 고향집이다
누가 이곳에 옮겨다 놓았을까?
나는 문득 고향의 그리움에 빠져든다
지금은 흔적도 없이 사라져 버린 내 고향집을……

서천 2

서천 철교 위로 열차가 세월을 이끌고 가 버렸다
긴 여음의 꼬리만 남기고
시간을 마치 겉옷처럼 걸치고 가 버렸다
열차가 지나간 강물 위로 하늘 꽃
서글피 피어오른다
섬섬옥수 삶의 손에 굳은 살 흉측하게 내려 박히고
홍안의 얼굴에 콩밭이랑 같은 골만
깊이 새겨져 있다
열차가 입고 간 시간은 세월이라는 이름으로
얼기설기 다가와 눈물 적신다
서천 건너 길은 벚꽃으로 찬란하다
내일이면 열차가 지나간 뒷자리에서
슬프게 떨어져 바람에 날아가 버릴 것들이

사월의 입가에서

마냥 노닐고 싶다

나뭇잎들이 기지개를 켜는 세상에서……

마냥 꿈꾸고 싶다

만개한 벚꽃 나무 그늘 아래서……

마냥 그리고 싶다

개나리 꽃 따라 가 버린 사람을……

산등성이 마다마다

녹황청백으로 수놓는 너의 입가에서

마냥 어려지고 싶다

카페에서

술 취한 남자, 여종업원과 다툰다
다툼의 주제는 '처신'이다
남자의 고성이 가고
여종업원의 앙칼진 목소리가 돌아온다
술을 먹어도 안 먹은 듯
술이 취해도 안 취한 듯하라는
여종업원의 엄숙한 주문이 카페 홀에 메아리친다

사랑하여 손 한번 잡고자 하는 것이 무슨 잘못인가?
항변하는 남자의 절규가 들린다

나는 그런 여자가 아니라는 긍정의 부정이
메아리로 배달된다
사람 뜻대로 할 수 없는 것이 세상사라
돈 주고 자기 인격 스스로 짓밟히고 있는
카페 분위기는
처신이 주제가 되어 무겁게 내려앉는다

그때 우리가 했던 이야기

라일락 향 쏟아져 내리던 어느 날 오후였지
남달리 라일락 연보라 꽃잎에 도취되어
낯선 담장 밑에 쪼그리고 앉아
봄날의 눈 마주침으로 서로를 바라보고 있었지
그 눈길 속에 사랑의 향기 소록이 담아
나는 너에게
너는 나에게 전해 주었었지
그 세월 지나고
어언 라일락은 밉살스럽도록 향기 뿜어내는데
너는 어디에 있는 거니?

서천 3

안개 내린 서천을 처음 만났다
신선의 놀이가 진행 중인 것만 같다
건너편 교각이 안개 속에 함몰되고 말았다
기우뚱 기울어질 것만 같은 분위기다
물가에 피어오르는 안개꽃은
아련한 추억의 꽃으로 피어오른다
잠기고 싶은 추억의 상념은
서천을 더 투명하게 만든다
가야 할 길 바쁜데
서천을 찾아온 안개가
손님이 되어 나를 붙잡는다
가야 할 길을 가려는 내 마음을 붙든다
묻히고 싶다
그냥 안개가 되어
안개꽃 속으로 들어가
추억의 동산에 오르고 싶다

일기예보

영남지방
아침 기온 14도
낮 기온 24도
아침과 낮 기온 차이 크다
한낮에는 전형적인 여름 날씨
외출 시 얇은 옷 착용!
작은 영토
새벽 기온 제로
아침 기온 제로
낮 기온 제로
하루 온종일 기온 차이 없음
한낮에는 전형적인 감정으로 일관
외출 시 얼굴 표정 바꿀 것!
오늘도 뭇사람들의 시선을 받으며
삶의 등산길에 오른다
오르다 몇 번씩이나 뒤돌아본다
내 발꿈치를

50

내 속의 나

너 누구니?
살아 있어 죽어 있던 너는 누구니?
죽어서도 살아 있다 소리치던 너는 누구니?
껍데기 한구석에 숨죽여 숨어들어
추하고 더러운 액체 쏟아 내던 넌 누구니?
부덤 속으로 내려갔다 오다

난 누구니?
죽어 있어 살아 있던 난 누구니?
살아 있어 죽었다고 소리치던 난 누구니?
희망의 내실 속에 숨죽여 숨어들어
씻음과 새로움의 눈물을 쏟아 내는 난 누구니?
왜 그렇게 숨어만 지내니?
뛰쳐나올 수 없니?
광활한 세상을 향해
소망의 손짓할 수 없겠니?

추억 단상

하늘로 추억이 솟아오르니

비가 되어 땅으로 박혀든다

하나씩 떼어 내어 셀 수 없는 삶의 파편들은

포주가 되어 과거의 정류장으로 끌고 가려 한다

어차피 찬란함이 아니었다

별 수 없는 무리들이었다

평범한 그 이하의 군상들이었다

유년의 파편들이라면 더욱더 그랬다

치장할 것 없고, 단장할 것 없었던

초라한 정류장으로 무작정 끌고 가려 한다

거부할 수 없는 몸짓으로

부정할 수 없는 생각으로

가슴만 무지개로 채색하고서

침묵으로 뒤따른다

하늘로 추억이 날아오르더니
비가 되어 가슴으로 박혀든다
박혀든 추억 파먹으면서
인생의 중반 고개 넘어간다

질문

나 하나 죽어 사라진다면
세상은 어떻게 변할까?

나 하나 눈감고 산다면
세상은 어떻게 변할까?

나 하나 침묵한다면
세상은 어떻게 변할까?

나 하나 가던 길 돌아선다면
세상은 어떻게 변할까?

나 하나 널 미워한다면
세상은 어떻게 변할까?

나! 살아 있어
내가 변해야 할 것은 무엇일까?

시작

동해 바다에 발을 내리고
하늘 향해 손을 뻗은 너는
이름하여 일상(日常)이라
너를 닮아
나 역시 동해 바다에 발바닥 적셔 보고
하늘 향해 큰 숨 들이킨다
너와 함께 일상의 시작이라

그리운 이여!

먼 곳 아닌 곳에 계시건만
전파선 타고 흘러오는
그리움의 언어는
형상이 되어 가슴으로 파고듭니다
거부할 수 없는 속삭임의 유혹 앞에
그냥 만나고 싶다는 말만 되뇝니다
공중전화 통화의 단절음이 딸깍하고 내려앉으면
그 형상 달아날까 안절부절못합니다
조금만 더 움켜잡고
조금만 더 듣고 싶은 그리운 이의 목소리
전파선 저 넘어 울먹이는 소리
가을 풀벌레 울음같이 애처로이 들립니다
내 그리운 이는 지금 울고 있는 것입니다
그리운 이를 그리워하다가 못내
눈물샘 파고 있는 것입니다
그때 '다음에 또 연락할게요' 하고
먼저 수화기 내려놓았습니다

나!

돌아서서 가슴으로 실컷 울었습니다

꿈 예보

꿈이 바람에 일렁임

간밤을 견디지 못함

시간이 지날수록 하늘이 흔들림

일기예보, 천지개벽의 요동

하늘이 바다에 곤두박질하고

지축이 흔들리고

나는 혼란 속에 방황함

아! 꿈이여

꿈 찾으러 악천후 헤치며 출발

일기

조용함

온 전화 없었음

오간 사람 없었음

참! 잡지세상 다녀갔지

떠오른 생각 없었음

무척 멍한 하루

늦은 오후

잠시 외출

만남

밥 먹고

노래 한 곡

하루가 뚝딱 잘림

바다 밑으로 곤두박질

지금 밤 11시 5분

이제부터 바쁨

영혼의 노래가 시작

딸아!

너를 떠나보내자고
마음 굳혀 놓고
하늘 보며 가슴 쓸고

너를 떠나보내면서
먼 산 보며 눈물 쓸고

너를 떠나보내 놓고
고개 숙여 땅 보며 한숨 쓸고

지금 내 가슴 시퍼렇게 멍들고
눈물은 바다가 되었다

마음의 파도 소리

좁은 머리 위로 바람 소리 천둥 되어 날아간다
그 소리에 꿈이 덩달아 춤춘다
세월의 꼬리에 나붙은 희망도 더불어 휘청거린다
그 사이로 안온한 삶을 꿈꾸며
안식의 세계를 열망하는
내 안의 또 다른 작은 내 모습이
어렴풋이 되살아난다
내면에 감추어 놓았던
가끔씩 꿈틀거렸던 그 모습
한 줄기의 바람 소리에 휘감겨
여지없이 드러나고 있다
봄이 오는 길목의 오후
나른해지는 육체 깊이 부초 같은 꿈도
희망도 물처럼 스며든다
오늘만큼은 천둥 같은 바람에
마음에 일어나는 파도 소리
더 웅장하게 영혼으로 파고든다

인고를 먹는 여자

세월의 바다에 삶의 낚싯대 드리워 놓고
머리 풀고 통곡하는 여인 있다
비바람 음흉함을 비켜 갈 줄 모르고
침묵으로 인고(忍苦)의 탑을 쌓는 여인 있다
가슴속 순정이 알알이 터져
검은 핏빛 되어 흘러내리면
남몰래 훔쳐내는 여인이 있다
인고의 여인이 세월의 바다에
생의 기나긴 숨을 쓸어내리며 앉아 있다
여인의 밥은 참을 忍이고
여인의 반찬은 괴로울 苦이다
여인이 마시는 물은 눈물이고
여인의 숨은 한숨이다
여인은 오늘도 인고의 탑을
하늘 높은 줄 모르고 쌓아 가고 있다
언젠가 드리워진 낚싯대에
월척 한 마리 끌어올려

머리맡아 올려 희희낙락할

그날 소망하면서

잔인한 바람

동해 바다에서 솟는 바람이
강 언덕 지나 군상(群像)의 도로를 침범하다
교회 종탑에 고달프게 부딪는다

우-웅 소리와 함께
바다 푸른 눈물 한껏 머금고
사람의 땅에 올라
가슴 가슴이 멍들게 부딪는다

으-음 신음소리는 바람 소리다
모질게도
지나는 길목마다 깊은 상흔만 남는다
푸른 자국 한 움큼 남긴다
그래서 하늘도 멍들어 울고
나도 멍들어 운다

세월

강이 범상치 않다
동해 바다의 태양을 일순간에 삼키고
시치미를 뗀다
한참 후 서쪽 산을 넘고 서해 바다에 토해 낸다
체한 듯하다
강이 부담스러워 구토해 낸
붉은 알갱이를 동해 바다가 또 데려간다
밤이 지나면 삼키고, 뱉고
데려가는 일은 계속 되겠지
그리고 나는
하얀 머리카락을 날리며 강 언덕 걷고 있겠지
아니 주름진 이마로
범상치 않은 강을 힘없이 바라보고 있겠지

오랜만에

정월 보름달을 보았느냐는
느닷없는 너의 물음에
그냥 쓰러져 나뒹굴었지
너무 황당한 물음으로 다가왔기 때문이었지
하늘이 어디에 있는지
잊어버린 지 제법 오래되었거든
하늘의 색깔조차도
기억 저 건너편으로 떠난 지 오래거든
정월 보름달을 보았느냐는
너의 물음은 지나는 한 줄기 바람이었다
밖으로 나가서 하늘을 보고
보름달을 보아야지
모래 같은 의지력을 다져 본다

더 아픈 것

이별보다
더 아픈 것은 사랑도
추억도 다 삼켜 놓고
시치미 뚝 떼는
망각입니다

달의 소원

사람들이 어우러진 세상 한 모퉁이
구멍 열고 모서리 기둥에
기대어 서기를 원한 상처 난 새벽 달
고요히 잠들어 뒤척이는 사람들의 가슴속에
꿈을 뿌리고 흐뭇해한다
희망을 심어 놓고 미소 짓는다
정작 자신은 상처 입어 반쪽에 불과함에도……
잠시 후면 떠날 별리의 순간을 알고 있는 듯
하얀 미소 지으며 지상의 사람들을 깨운다

서천 4

겨울이 지나는 길목의 서천은 유난히 맑다
마치 볼록 거울 같다
오가는 사람들의 형체가 소록하게 아로새겨진다
겨울 속에 갇혀 검은 오리털 잠바 속에 들어 있는
엉큼한 내 마음이 비추어질까 지레짐작 놀란다
이미 서천 물 깊은 곳에서는 생명의 소리가 들린다
세상 밖으로 터져 나올 듯하다
그래 봄이 오고 있나 보다
서천 속에 빠져드는 사람들의 모습이 그래서 밝다
생명이 찾아오고 환희가 찾아오고 있는 서천
내게도 서천이 흐르기 시작했다

우리 만남은

흰 눈같이 아름답게 비춰 오던 날
당신은 나에게로 왔습니다
햇살도 없음에도
당신은 그렇게 빛났습니다
무작정 당신이 좋다고 하기에는
당신이 너무 아름답게 보였습니다
아무 말 없이 그냥 눈짓으로
서로의 마음을 주고받았습니다
이곳저곳을 둘러보아도
당신 외에는 없었습니다
단지 세상에는
당신만이 우뚝 서 계셨습니다
말없이 침묵 속에서
서로의 마음을 확인했습니다
그리고 우리는 만났습니다
사랑은 말없음임을
그때 비로소 깨달았습니다

고통

몇 번이나 만났던가?
그런데 불현듯 떠난단다
미워서가 아니란다
떠나게 내버려 두란다
가는 모습 보지 말아 달란다
몇 번이나 만났던가?
그래도 못내 떠남은 견디기 힘들더라
만남과 떠남은 둘이 아니라 하나란다
그리하면서 떠나겠단다
몇 번이나 만났던가?
아직 오붓한 정조차 만들지 못했는데 떠난단다

떠남은 만남의 횟수와 상관없는
견디기 힘든 고통

떠나겠다는 말을 들을 때마다
고통은 쓰나미처럼 몰려든다

이별

떠남은 아픔이다

아픔은 성숙이다

성숙은 사랑이다

사랑은 만남이다

만남은 설렘이다

설렘은 이별이다

이별은 사랑을 추억함이다

사랑의 추억은

이별만이 가져다주는 열매이다

새해

사람들의 길거리에 차량들이 울고 간다
울고 지나간 자리에 슬픈 새 한 마리
길거리 처마 밑에 앉아 울고 있다
무심코 지나는 사람들만이 눈물의 연못을 지나
무표정한 모습들로 종종걸음 친다
간혹 알아들을 수 없는 지껄임을
연못 속으로 집어던지고 가는 사람들도 있다
차량의 울음 뒤로 굶주려 힘없는 아이들이
뒤따르며 '사랑!'이라고 소리친다
하릴없는 군상들 물끄러미 바라보다
각기 참새 처마 밑 방안으로
느린 걸음으로 들어간다
사람들의 연못 속에는 슬픔만 쌓여 가는데
나는 하늘만 우러러 희망을 기다려 본다

나의 벤자민

목말라 소리쳐도 듣는 이 없다
숨이 끊어지고, 죽어 가도 감동하는 이 없다
물이 없어 쓰러져도 안타까워하는 이 없다
이대로 죽는다
그래서 퍼런 몸으로 말한다
노란 메마름으로 하소연한다
인적이 없음 아니다
물이 없음이다
물이 없음 아니다
사람이 행방불명되었음이다
서재의 주인은 어제 여행을 떠났고
오늘은 여행 중이다
내일도 여행을 할 것이다
한 움큼의 물이 필요한 서재에서
벤자민은 퍼렇게 죽어간다
여행객은 기별이 없는데……

겨울 꽃

추워서 피지 못했나?
피지 못해 추운가?
얼음 벽 사이로
이름 모를 꽃 한 송이
겨울 바라보네
겨울이라 피고 싶었단다
피어나고 싶어 겨울이란다
뿌리 속으로 따듯한 온기 찾아오는 날
세상 구경할런가?
세상이 날 구경하러 올런가?
몽상 속에 빠져 있네

희망으로 오세요

어젯밤에 가로등 잠잘 때
세상 온갖 웃음소리도 함께 잠들었다
겨울의 긴 밤 동안
세상의 슬픔들은 자기 노래를 불렀다
나는 보았다
어젯밤 가로등이 숨죽여 있을 때
자동차 한 대 휭 하니 불 밝히고
찰나로 사라져 가는 것을……
그 뒤로 벌거벗은 사람들이
무리지어 달음박질해 가는 것을……
그들은 길바닥에 쓰러졌던 꿈이었고
강으로 던져졌던 낚싯바늘들이었다
가로등만 깨어나기 바라는 서글픈 민초들이다
그 사이로 새벽이 기지개를 켜고 일어난다
그때 내 머리 위로
청소차 소리 없이 골목길로 접어든다

오해

며칠 소식이 없었지
만나자 해도 시간 없다 했었지
나는 너에게, 너는 나에게
마음으로만 말을 주고받았지
뜬금없이
어느 날 너는 나에게
'가까이 계신 줄 알았는데 멀게만 느껴지네요'라고
했지
그것도 마음의 말로써
왜 우리 사이에는
서로가 들을 수 있는 말은 하지 못하는 것일까?

소망

바다에서 눈이 올라온다

눈은 시퍼런 강물에 빠져 사라진다

바람도 없는데 눈은 날린다

하얗게 펼쳐진 다각형의 형상으로 날아든다

시야를 가리고

세상 무대의 막이 되어 더러운 세상에 떨어진다

화이트크리스마스라고 인사소리 들려온다

얼굴에 닿고, 옷깃에 스치는 순간 사라져 버린다

화이트크리스마스는……

그래, 오늘은 크리스마스이다

바다에서 올라온 눈이 강물에 빠지는 크리스마스다

왜 하늘에서는 눈이 내리지 않는 것인지

궁금해지는 크리스마스다

나는 하늘에서 오는 눈을 기다린다

외롭지 않으리

전화벨이 울리면 도망하는 사람이 있단다
전화벨이 울리면 심장이 뛰는 사람이 있단다
전화벨이 울리면 수심에 차는 사람도 있단다
하지만 전화벨이 울린다는 것은
하늘 아래 누군가가 나를 생각하고 있다는 증거
전화벨이 울릴 때
나는 외롭지 않은 사람임이 증명되는 순간

당신 마중

새하얀 새벽에
한 송이 눈꽃 타고 오시기를 바랐습니다
눈바람 속으로 오시기를 원했습니다
당신은 정결하신 분이라서……

밤 파란 하늘가 유성타고 오시기를 기다렸습니다
바람 마른 별빛 속으로 오시기를 손꼽았습니다
당신은 맑은 분이라서……

바람도 잠자고, 파문도 사라진
강변으로 걸어오실 줄로만 알았습니다
강변에 살고 있는 작은 내 집으로
찾아오시길 소망했습니다

행여 오시다 길 잃을까 하여
작은 네온 밝혀 두었습니다
하오나 당신의 오심 앞에 내 모습 너무 초라하여

기꺼이 모든 바람과 소망을 접었습니다
그냥 내 작은 마음으로 오시기만 바랄 뿐입니다
그냥 내 보잘것없는 보고픔 속으로 오시기만
소망할 뿐입니다
눈꽃이 없는 메마른 겨울의 빈 들판으로 오신
당신이어도 좋습니다
별빛이 없는 어두움 밤으로 오신 당신이어도
좋습니다

조용히 당신을 만나고 싶습니다
당신이 오시는 길목에 서서……
다소곳하게 당신을 그리워하고 싶습니다
당신이 오시는 새벽길에 서서……

오늘은 당신의 오심!
좁은 마음 문 열고 당신 만나러 나가야겠습니다
서둘러야겠습니다

희열

길 가다
문득 휴대폰의 소리 듣는다
누구일까 조심스레
플립 열고 확인하는 순간

'자기야 보고 싶다'는
일곱 글자에
순간 나는 천국에 오른다

독서

책 속에 갇혀 있던 글자들의 해방이다
뛰쳐나와 허공을 돈다
삶의 존재와 만나면 진리가 되는 마술을 부린다
머리와 가슴에 충격의 바람으로 날아든다
두 눈동자 바삐 굴러가고
가슴에는 새하얀 지식이 쌓인다
쑥대머리 속으로 비수 같은 상식이
화석이 되어 춤을 춘다
책장 넘어가는 소리는
곳간에 쌓여 가는 보석이다
지식은 개인주의고
진리는 이기주의다
글자들이 해방되어 책장을 뛰쳐나오는 날
나의 일상에 혁명이 일어나리라

연말

한 걸음 걷다가 멈추면 네가 저만큼 가고 있다
한 자국 내딛고 돌아서면 내가 이만큼 와 있다
네가 가고 내가 오는 길은 삼백예순다섯 걸음이다
급하고 조급하게 걸어가야만 하는 길이다
멈추고 싶다고 멈출 수 없는
오직 일방통행의 길이다
그 길로 너와 내가 만나 다투면서 가고 있다

성탄

겨울 감나무가 옷도 벗고
미래도 잃어버리고
집 모퉁이에 멍하니 서 있다
세상을 포기해 버렸다
메마른 바람만 찾아왔다가
맨 몸에 냉기만 입혀 놓고 떠난다
간밤에 잔별들이 내려와
며칠 동안만 친구 하잔다
하늘에서 오색 무지개도 내려왔다
며칠 동안만 신세 지겠단다
동네 아이들이 찾아와서 함께 놀잔다

밤만 되면 겨울 감나무는 천국이 된다
추위 속에 서서 미래를 상실해 버린 감나무에게
멀리서 한 줄기의 서광이 찾아 내린다
성탄을 만나기 위해 하늘을 향해 머리를 든다

연인이여!

나의 연인이여!
나의 이상(理想)을 보아 주렴
저 하늘 끝까지 날아오르는
나의 기상을 받아 주렴
나의 연인이여!
나의 의지를 받아 주렴
저 땅끝까지 내리는
나의 품위를 새겨 주렴
그리고 나의 가엾음과
애절함을 들어 주렴

동업자

보고파 뛰어가서 만나자면
살짝 미소 지어 창 너머 나에게로
'지금은 일하고 있는 중'이라고 말씀하십니다
철부지 나는 무슨 일을 하고 있을까 못내 궁금하여
당신 마음의 창문열고 살짝 들여다봅니다
당신은 열심히 일하고 계십니다
분주하십니다 열정적입니다
차가움도, 냉정함도 녹여 버리는 용광로입니다
그러나 당신께서 하시는 그 일은
낯선 일이 아닙니다
당신께서 하시는 일은 지금 나도 하고 있습니다
숨가쁘게, 벅찬 가슴으로, 그리움으로……
당신과 나는 사랑 동업자입니다

사랑이 오시는 길

그대가 오시는 길은 늘 조용하기만 합니다
그대가 오시는 길은 항상 아늑하기만 합니다
그대가 오시는 길은 언제나 잔잔합니다
그대가 오시는 길은 언제나 평안합니다
그대는 항상 순간으로 오십니다
그대는 준비되지 못한 곳으로 오십니다
그러나 그대가 도착하고 난 후에는
태풍이 불어칩니다
아무것도 걷잡을 수 없을 정도로 말입니다

금강에서

찬바람 얻어맞고 멍들어 기다랗게 누워 있다
산과 하늘이 멍들어 누워 있는 곳으로 놀러왔다
그냥 함께 물들어 있다
하얀 눈 신선이 되어 멍든 세계로 빠져들어 간다
세상은 온통 눈사람의 세계다
강 건너 기웃거리는 아이들의 표정도
살아 보려고 몸부림치는 포장마차도
멍든 세상으로 급히 여행한다
늙은 아저씨도 바쁘다
미동 없는 세상 속의 세상은 그렇게 흐른다
그 흐름이
한 해의 마지막 달력의 절반을 뚝딱 삼켜 버리고
시치미 뗀다
내 인생의 절반을 훔쳐 달아난다

메피스토펠레스가 춤추는 밤

그래요

세상의 풍경을 등지고 살아왔습니다

그래요

사람들이 더럽다고 여기며 살아왔습니다

그래요

모든 불빛도 모든 사상도, 모든 하늘도 땅도

쓸모없는 것들이라고 믿으며 살아왔습니다

그래서 석양이 내리깔리는 시간이면

집 밖으로 나가지 않았습니다

다음 날 새벽에서야 비로소 세상을 밟았습니다

그래요

세상의 빨간 물속에 빠져들지 않으려 했습니다

흙탕물로 화장을 하지 않으려고 했습니다

당신이여!

그런데 오늘 밤은 메피스토펠레스가

춤을 추고 있는 것을 보았습니다

룸살롱에서? 아니오
나이트클럽에서? 아니오
그럼 무도장에서? 아니오
오늘 밤 메피스토펠레스는
내 마음의 방에서 춤을 추고 있습니다
나도 덩달아, 그리고 당신도 함께 계셨습니다
씨익 웃으시면서 당신도 함께였습니다

서천 5

갈색 숲 속에서 물새 한 쌍
칼날 같은 추위를 입 맞추며 이겨 내고 있다
칼날 세운 바람
교각 아래로 빠르게 날아간다
그 뒤로 허리 부러진 할머니
흰 머리 날리며 바쁘게 뒤따른다
은빛 반짝이는 물은
시름없이 동천으로 흐르는데
어설픈 남자도
칼날 세운 바람 따라간다

누나야

취직하면 손목시계 사 줄게 약속하던
예쁜 내 누나야
취직하여 첫 월급 받으면 손목시계 사 줄게 하며
내 손목을 어루만져 주던 예쁜 내 누나야
어느 봄날, 한 장의 전보를 받으시던 엄마는
눈시울 벌겋게 물들이시며 서울 갔다 올게
하면서 옷단장도 하지 않으시고 서울 다녀왔다
누나의 첫 월급날이 지나도 누나는 소식이 없었다
내 예쁜 누나는 손목시계 약속 취소하고
저 먼 나라로 가 버렸다는 것을
훗날에서야 비로소 알았다
그리고 나는 울었다
손목시계보다도 내 손목을 만져 줄 예쁜 누나가
내 곁에 없었기 때문에……
그날 이후 손목시계는 내 예쁜 누나의 얼굴로
나에게 찾아왔다
누나야 보고 싶다

강바람

보이지 않게 찾아왔다가
가슴에 잔인한 칼자국만 남겨두고
강 언덕 너머로 사라져 간 여인이 있다
잠시도 쉴 틈 없이 숨 가쁘게 찾아왔다
앞모습 볼 겨를 없이
그냥 스쳐 지나가 버린 여인이 있다
지난밤부터 찾아왔었나 보다
세상을 두드리고
사람들을 깨워 보았지만
모두가 무정하더란다
그래서 더 날카롭게 칼 갈아 날 세워
인생의 세상에 찾아왔노라 한다
그리고서는 한 자락 칼자국만 남기고
강둑 너머로 사라져 버린 여인이 있다
세상은 밝았는데 아직도 그 여인은
앞모습 없이 칼자국만 남기면서 지나고 있다
오는 모습은 볼 수 없어도

지나간 모습은 소리로만 볼 수 있다
내 가슴에 칼자국을 남기고 떠난 것은 알 수 있다
강둑 너머로 여인하나 칼날 세우고 지나간다
시간을 도려내고 세월을 도려내고
추억마저 도려내고서는 강둑너머로 사라져 간 여인

시간

오늘이 물 흐르듯이 흐릅니다
눈 한 번 깜박이고 나면 흐르는 오늘은
저만치 앞서 갑니다

행여 흐르는 오늘에 당신께서 타고 흐르실까
작은 눈 크게 뜨고 살펴봅니다
'무화과를 내어놓아라'고 흐르는 오늘 속에 오셔서
소리치실 것만 같은 염려스러움이
오늘을 흘러 보내야 하는 내 마음 한구석에
자리 잡고 있습니다

오늘이 없는 내일이 없다고
큰 가르침을 주셨건만
왜 나는 오늘도 내 앞서 흐르는 오늘을
물끄러미 바라만 보고 있는지……
맺어야 할 때 공허의 빈 가지로
당신 앞에 서지 말아야 할 텐데……

오늘이 물 흐르듯이 흐릅니다
마냥 흘러갑니다

사랑의 문

절반쯤 열린 마음의 문을 기웃거리는 내 사랑
무관심한 듯 못 본 채 하렵니다
절반쯤 닫힌 마음의 문을 열고 들어오려는 내 사랑
열린 곳은 외면하고 닫힌 곳으로 들어오려는 당신
내 마음의 정복자가 되고 싶어 하는 당신
당신의 들어오심 앞에 어찌 막무가내 모른 척
시치미 뗄 수 있겠습니까?
이미 열려진 문으로만 아니라 닫혀있는 문조차도
당신의 숨소리에 열어젖혀짐을 당신은 모르시나요?
이미 당신의 들어오심 앞에 내 마음의 문은
존재하지 않습니다
당신은 이미 내 마음의 정복자이기 때문입니다

인생

겨울의 어두움은 원치 않음에도 빠르게 찾아든다
갈 길이 먼 나그네의 마음을 초조하게 만든다
할 일이 남은 가난한 사람의 마음조차
어둡게 만든다
겨울의 날카로움은 반갑지 않음에도
성급히도 찾아든다
어쩌랴! 가야 할 길 먼데 어느덧 어두움은
깊어 가는 것을……
냉정한 계절 저 끝에 걸린 태양은
보기조차 안쓰럽다
거역할 수 없는 몸부림으로 겨울의 태양은
어두움 속으로 스며든다
저 태양의 호수 속에 조금만 더 헤엄칠 수 있다면
갈 길은 멀어도 피곤치 않을 터인데
해야 할 일 남았어도 불안치 않을 터인데
겨울은 어찌 이토록
빠르게 내 품으로 파고드는지

별난 사랑

아픔도 사랑이라고
나에게 아픔을 주셨나요?

괴로움도 사랑이라고
나에게 괴로움을 주셨나요?

슬픔도 사랑이라고
나에게 슬픔을 주셨나요?

오늘도 나를 사랑하는 당신에게서
뜻이 있는 사랑만 듬뿍 받았습니다

겨울 1

전선줄에 시퍼런 바람만 스쳐 지난다
참새 떼들 놀라 메마른 하늘로 난다
마음의 전선줄에도 시퍼런 바람 불기는 매한가지다

겨울 2

허황한 벌판 위로 독기 어린 바람만
무리지어 날아간다
갈대들은 백기 들고 항복한다
독기 어린 바람이 지나간 자리에는
패잔병들만 콜록이며 주저앉아 있다

겨울 3

바람 출입 금지
온몸에 두꺼운 옷으로 칭칭 감고 데모하는 사람들
겨우 두 눈만 빠끔히 뚫어 놓고
완전무장하여 바람 출입 금지를
몸으로 외치고 있다
거리를 활보하며 죽음각오하고 바람과 싸운다
바람에 멸시받는 세상이다

겨울 4

두 손들을 잃어버렸다
모두가 두 손을 잃어버렸다
두 발만 움직인다
걸음 자체가 죽었다
두 손은 동사(冬死)해 버렸다
두 손이 필요 없는 겨울의 핍박은 계속되고 있다
오늘도 시내에 나갔다가
두 손을 잃어버린 사람들만 보고 돌아왔다

겨울 5

냉기로 가득 찬 세상에 유독 두 발만 바쁘다
미동도 없으면서 두 발만 바쁘다
세상은 그래서 불공평하다
모두가 더불어 바쁜 세상이었으면 좋겠다

겨울 6

그래도 두 손이 활개 치면서
바쁘게 운동해야 할 날이 오고 있다
바다 저 건너편에서 온기 가득 싣고
시퍼런 바람을 몰아내려고 준비하는
게릴라들이 있다
그날을 나는 손꼽아 기다리고 있다

치과 가는 날

잇몸이 병들었고
그곳에 발 뻗어 놓고 40년이나 살아온
이빨이 사망했단다
무뚝뚝한 의사의 사망진단서가 발급된 지
며칠 되었다
오늘은 이빨 장례식 하러 치과에 가는 날이다
죽은 것은 다시 살려낼 수 없는 것을
확인하러 가는 날이다
아가리 크게 열고 사망한 이빨 뽑아내어
기어이 장례를 치러야 하는
이빨 장례식 하러 오늘 치과에 가는 날이다
죽은 것은 제자리에 머물 수 없나 보다
그곳에서 죽음의 슬픔을 맛본다

행복을 위한 서시

당신이 오신다기에 그냥 반가운 마음으로 밤새
마음의 등불 밝혀 놓고 기다렸지요
밤이 다하도록 이야기하고 싶었거든요
당신이 오신다기에 마냥 행복한 마음으로 밤새
마음의 길을 열어 놓고 기다렸지요
밤이 다하도록 체온을 느끼고 싶었거든요
당신이 오신다기에 입가에 미소 머금고 기다렸지요
모습을 볼 수 있다는 것만으로도
즐거운 일이었거든요
당신이 오신다기에 새벽잠도 떨쳐 내고
밤이 하얗게 세상에 내리도록 기다렸지요
새벽 구름길로 당신과 함께 걷고 싶었거든요
그런데 당신은 이미 저만큼 앞서 오셔서
오히려 나를 기다리고 계시니
이것이 웬 행복입니까?

예레미야의 아침

눈물이 눈에서 다 쏟아져 내리면……
절망이 한이 되어 맺히면……
고통이 절규가 되어 땅에 떨어지면……
그곳에서 아침은 동터 오르고……
그곳에서 희망의 꽃이 피어난다고……
하와서 좌절은 금물이 되는 아침입니다

세상은 다 그렇지 뭐

아파트와 아파트 사이로 흰 구름에 가린 달
힘없이 새벽길을 비추어 준다
밝음으로 치달아 가고 싶어 발버둥 쳐 보지만
흰 구름을 벗어날 의지가 약한다
원치 않는 일이다
그래서 달도 구름을 닮으려고
허옇게 탈색되어 있나 보다
자기 색깔 분명하게 드러내지 못하는
흰 구름이 달인지, 달이 흰 구름인지
분간할 수 없는 이 상황이 싫다
어차피 회색의 세상인데 뭘 그러느냐고
달은 오히려 나에게 반문하고 있는 듯하다

말해 주세요

세월이 흘러도 나만 사랑한다고 말해 주세요
검은 머리가 파뿌리가 되어도 말입니다
강물이 흘러가도 나만 사랑한다고 말해 주세요
바다가 되어 하늘로 올라가더라고 말입니다
낙엽이 떨어져도 나만 사랑한다고 말해 주세요
한 줌의 땔감으로 사라져도 말입니다
폭풍우 휘몰아쳐 와도
나만 사랑한다고 말해 주세요
세상을 휩쓸고 가더라도 말입니다

새벽 눈물

날이 열리기 전
이미 눈은 열렸다
열려진 눈으로 쏟아 낸다
눈물로 삶의 서러움을……
흘려보낸다
눈물로 삶의 무게를……
나도 울고 너도 구석진 곳곳에서
함께 눈물을 뿌린다
인생의 시냇물 있어 좋다
나의 폭포수같이 흐르는 내 눈물 받아
넓은 바다로 데려가는 삶의 강물이 있어 좋다
그래서 소망이 춤추고
그래서 희열이 있음이 좋다

행복

나 사랑하여 오라 부르시는 당신
더 가까이 오라시는 당신
꿈이 아닌 생시의 길입니다
그 손짓 내 가슴 뭉클케 합니다
하늘, 땅 그 어디에도 당신 손짓만큼
내 가슴 황홀케 만드는 것 있을까요?
세상 어디에서 나 사랑하여 오라는 당신 손짓보다
더 감동케 하는 것 있을까요?
그냥 이 자리에서 죽어도 여한 없겠습니다
마냥 이 자리에서 행복의 석상이 되어도
좋겠습니다
꿈이 아닌 생시의 길에서 나 사랑하여 오라
부르시는 당신
나 무척 행복합니다

화장터 1

주검을 먹으려고 입 벌려 소리치는

벌겋다 못해 시뻘겋게 달아져

주검을 달라고 혀를 날름거리는 화장터 내실

한 줌의 재가 되어 손안으로 찾아드는 마술의 세계

인생도, 시간도, 주검도 모두 삼켜 버리는

화장터의 외계는 생명으로 춤추고 있다

푸르른 생명의 노래들이

주검을 삼키고 한 줌의 재를 토해 낸다

화장터 뒷산에서는 주검을 먹고 자라난 생명들이

잔인스럽게 춤으로 흥청거리고 있다

그 사이로 또 하나의 육체는 사라져

티끌로 변해 하늘을 날아갔다

화장터 2

메케한 냄새
비릿한 냄새
형통치 못할 냄새
-인간들의 표정-
울고, 떠들고, 웃고, 술 마시고, 서열 따지고
달래고, 화난 표정
주검으로 변한 세상 앞에서
살아 있는 인간들의 모습은 종합백화점이다

비와 달 그리고 별

막 그친 비
구멍 난 아파트 창백한 달
그리고 아득히 멀어져 있는 별 하나
강둑 너머에서 소름끼치는 살바람
한 움큼 불어온다
두툼한 오리털 잠바를 비집고
내 가슴을 얼음으로 만든다
어제에 이별했던 감기가 반가운 듯
살바람 맞이한다
세상은 잠들어 있다
그친 비는 지면을 혼란스럽게 만들고
보란 듯 창백한 달은
혼란스러운 지면을 주시하고 있다
희망 끝이라는 암시를 넌지시 던지며
멀어져 있는 별을 가리킨다
별이 손짓한다
그래, 삶이란 비와 달 그리고 별이지 뭐

가슴속으로 비집고 들어 온 얼음

녹이면서 살아야지

아파트 구멍 사이로 달빛만

유난히 크게 보이는 것은

희망보다는 가슴 차가움 때문이리라

순간 별이 내 가슴에 쿵하고 떨어진다

갈 길을 잊은 사람들

갈 길은 먼데 갈 길을 잊었나 보다
가야 할 시간은 촉박한데 갈 길을 잊었나 보다
대합실 텔레비전 앞에는 무표정의 군상들이
외로이 앉아 공허의 세상을 바라본다
세상의 밤은 더 깊어 가는데 갈 길을 잊었나 보다
작은 약국 앞에는 속 쓰림을 호소하는 사람이
한 봉지의 작은 약 봉지를 받아든다
가야 할 곳은 있는데 가야 할 시간을 놓쳤나 보다
퓨전 식당에서 젊은 남녀 팔짱 끼고 나온다
가야 할 곳이 없어 방황하고 있는가 보다
어린아이 손잡고 어디로 갈런지
버스 출발 시간표를 힐끔 쳐다보며 뒤뚱거리는
어눌한 엄마가 있다
근심의 표정이 역력하다
발걸음이 무거워 보인다
노포동 터미널의 밤은 깊어만 가는데
너도 나도 갈 길은 먼데 갈 길을 잊었나 보다

가야 할 시간은 촉박한데

가야 할 시간을 잊었나 보다

굴러가는 삶

새벽길 따르면
이미 사엽(死葉)이 되어 버린
흰 노랑 은행잎들
바람 부는 대로 굴러다닌다
고요히 깊은 잠 속으로 빠져들어 있는
아파트 주차장과 현관 입구까지
염체도 없이 마구 굴러다닌다
강변에서 몰아쳐 오르는
바람의 저항이 만만치 않다
어느 한 시절에는
그래도 뭇사람들의 시선을 모았을 것이고
어느 한 계절에는
그래도 청춘 남녀들의 계절의 절정을
맛보게 해 주었을 터인데……
나뭇가지에서 떨어지고 보니
저토록도 처절하도록 바람 따라 굴러다니는
희멀건 한 잎의 허무한 사엽이 되어 버렸다

동정할 수 없는 새벽길을 떠난다
함께 서글퍼해 줄 수 없는 새벽길을 오른다
죽으면 그만인 것을 바라보면서⋯⋯

정

하염없이 달음질하는 열차 속에 나는 누워 있다
하늘이 보이고 별이 보인다
그리고 세상의 불빛이 저 멀리로 사라진다
차창 밖은 검은 빛으로 물들어 있고
코를 골며 잠에 곯아떨어진 앞좌석의 이방인도
홀로 검은 빛 속에 잠겨 있다

까마득히 멀어져 간 그 옛날의 이 길은
사람과 사람으로 부대끼며
인간의 정을 나누었었는데……
지칠 줄 모르고 달려가는 열차 속에
나는 홀로 되어 누워 있다

열차 속의 나는
정을 그리워하며 어두움 속으로
더 깊이 빠져들어 가고 있지만
외로움의 탈출구는 보이지 않는다

순간

그래!
우리의 만남은 꿈이었다
너무 황홀한……
그래서 그 꿈에서 깨고 싶지 않았었다
잠시 너를 만나고 집으로 돌아와 세면하고
그리고 설레는 마음으로 잠자리에 든다
침실 속에서도 너와의 만남은 계속된다
꿈은 순간이다

모순

살다 보면 조용한 노래가 때로는 힘이 되고
요란한 노래가 울먹임이 될 때가 있다

당신께로 가는 길

새벽길에 나뒹구는 낙엽을 따라 걷다가

하늘을 쳐다보면

나목 끝에 외로이 매달린 계절이 있습니다

회색 바람 한 덩어리 새벽길 청소하고 달아난 뒤

하늘 우러러보면

아파트 끄트머리에 걸린 희뿌연 달 하나

처량히 묶여 있습니다

삭막함과 냉정함의 골목 사이로

주섬주섬 외투 하나 걸치고 새벽길 떠납니다

어디선가 대문 활짝 열어젖혀 두시고

나를 기다려 주실 것 같은 당신을 향해

절룩이는 삶의 두 바퀴 굴리며 당신께로 향합니다

무표정의 여인

회색 하늘 아래로 좁게 뚫려 있는 아스팔트 위로

무표정의 여인 하나 걸어가고 있네

고개 숙이고 걸어가는 모습이 마치

움직이는 인형 같기만 하네

생각 없이 발걸음 옮기고

기다림 없는 목적지를 향하고 있네

어디로 갈까나, 어디로 갈까나

기쁨도 슬픔도 상실해 버렸나?

걱정도 근심도 망각해 버렸나?

즐거움도 웃음도 묻어 버렸나?

회색 하늘 아래로 좁게 뚫려 있는

작은 시멘트 길 위로

무표정의 여인 하나 걸어가고 있네

삶은 희로애락의 연속인 것을 모르는 채!

바위산

물든 나뭇잎들을 뒤로하고
두런두런 들려오는 군중들의 이야기 소리 뒤로하고
삭막한 바위산으로 오른다
죽어 시들어 가는 갈대를 무시하고
지나치는 걸음들은 숨만 헐떡인다
뒤돌아보지 않고 바위산으로 올라야 한다
바위산으로 올라야 한다
뒤돌아볼 여유도, 사상도, 감정도, 인격도 없다
오르면 그만이다
오름만이 존재할 뿐이다
모두가 그 바위산에 오르기 위해 안달하고 있다
든든한 바위산으로……
오르고 나면 떨어지는 비명의
절규 소리만 있을 뿐인데도……

서울에 오른다

장대 열차 타고 서울 오른다
텅 빈 객차에 혼자다
세상에 홀로 버려져 있다
큰 울음이 들리고 큰 걸음으로 장대열자
서울로 오른다
내 유년시절의 추억이 고스란히 담겨 있는
닳지 않은 평행선 두 길 위로……
오르면 오를수록 객차는
낯선 이방인들로 채워지고
이제는 군중 속에 혼자가 된다
헉헉대며 장대열차는 쉼 없이 잘도 오른다
창밖 세상은 모두가
계절의 잠 속으로 빠져들어 있고
움직임도 손짓도 없다
객차의 또 다른 이방인들도
각자의 방식대로 깊은 잠 속에 빠져 있다
조금만 있으면 서울에 도착하리라

달려온 시간도, 사람도 다 내려놓을

종착역 서울이 다가오리라

그때는 장대열차는 멈추고

낯선 사람들은 부스스 일어나

주섬주섬 얼굴 화장하고

각각 제 갈 길로 묵묵히 가리라

나는 장대열차 타고 서울에 오른다

고달팠던 내 유년 시절의 길을 따라서……

대합실

삶의 애환 보따리 한 개씩 손에 움켜잡고
마음은 바쁘다
총총걸음으로 떠날 버스로 향한다
오가는 사람들은 모두가 무표정이다
모두가 침묵이다
눈동자만 바쁘다
마음은 이미 가야 할 곳에 머물러 있다
지나는 사람들마다
지나는 발자국마다 한껏 삶의 때 묻어난다
나 역시 대합실 속의 작은 존재로 서성이고 있다
삶의 종합 백화점 같은 대합실을
삶의 멍울 가득 지고 나도 대기 중이다

발

지하철
내가 앉아 있는 건너편 의자에
지친 시민들 횡대로 길게 앉아
두 눈 지그시 감고 있다
의자 아래로 발들만 진열되어 있다
자동적이다 자유분방하게 질서 없이 앉아 있다
사람은 보이지 않고 발들만 보인다
각양각색의 색상과 크기가 종류의 신발이
오늘 하루의 피곤함을 말해 주고 있다
오늘도 저 발들은
얼마나 많은 희로애락의 현장을 찾아 다녔을까?

노랑비

가로수 은행잎 진노랑으로 흩어져 내리고
빈 들판 볏단들 삶의 무게만큼이나
큰 덩어리들도 논바닥에 아무렇게도 버려져 있다
초라한 세상을 본다
계절도 흐르고
자연도 흐르고 삶의 무게도 흐른다
가까이 다가오는 숨죽여 다가오는
당신은 누구신가?
자연의 무대에 사라져 가는 세상을 향해 다가오는
당신은 누구신가?

서천 6

맑기도 하다 수정같이 햇살이 내려앉으니
빛나는 보석이다
서천의 물줄기는 이상(理想)을 향해
쉼 없이 흐른다
흐름이 아름답고 맑음이 아름답다
내 마음도 아름답고 싶다

행복

집 떠나온 사람들이 줄을 이어
행복의 산으로 오른다
가슴들마다 부자다
세상을 향해 소유의 행복의 나래를 펼친다
행복이란 저 멀리 있는 것이 아님을……
손에 손잡고 믿음으로 뒤따르는
그래서 나는 당신, 너는 여보
그래서 나는 아빠, 너는 아들 그리고 딸
손에 손들마다 소유의 보따리 한 움큼씩 쥐고
총총걸음으로 행복을 뿌리며 집으로 돌아간다

기다림

21시 지하철 토성동역
나에게로 달려올 지하철을 기다린다
당신의 모습이기를 기대하면서……
다가올 이 없는 이 시간임을 알면서도
행여 오지 않아도 좋을
기다림으로 하루 마무리하고 싶다

가을의 깊이만큼

비 내리는 가을밤은
나를 우울케 만드는 마약이다
에프엠 타고 내리는 음악의 세계는
우울에 중독된 나에게
사랑의 노래를 부르게 강요하다
잔인하다
그냥 버려두면 좋을 텐데……
훌쩍 깊어져 가는 가을의 깊이만큼
내 사랑도
우울 속에서 깊어 가고 있다
그래서 당신이 그립고
그래서 더 보고 싶다

울적함

가을바람 심상치 않게
내 마음으로 스믈스믈 스며들어 온다
내 마음의 좌석에 들컥 내려앉는다
순간 그냥 슬퍼진다
가슴이 찡해 온다
누군가 곁에 있었다면
나는 여지없이 울었을 것이다
그냥 울고 싶었기 때문이다

불면 묵상

새벽 2시로 가는 길목이다
쉬 잠이 오지 않음은
육체의 허물어짐 때문이다

졸리는 두 눈 끔뻑이면서도
구태여 잠자리에 들지 못함은
시간의 무너짐 때문이다

이 밤 시간의 언덕을 넘어가면
피곤한 육신덩어리
또 허물어짐으로 다가가겠지?

삶이란
진정 시간의 패배자일 뿐이다

아이러니

네가 머문 땅에
내가 머물고
네가 숨 쉬던 곳 내가 숨쉬고
네가 살아 있어 행복했던 곳
내가 살아 있어 행복하다

사랑하니까

약속된 시간은
저만큼 지나갔는데
아직도
오고 있다는 소식은 없다
숨은 막히고
심장은 뛰고
오는 건지
아니 오는 건지
올 수 있는 건지
못 오는 건지의 사이에서
그래도 기다림이 있다는 것은
행복이다